느리게 가는 개령골

자연스님 시집

放下 慈蓮

소중한 인연

이십여 년 전 지리산 토굴에 있을 때 어른스님 한 분이 방문했다.

그때 어른스님을 뫼시는 시자가 있있는데 단아하면서도 청아한 모습에 겸양하면서도 솔직했었다.

본인은 차를 좋아하고 오래된 기와에 난 키워 나누며 남원 개령골에 복실이 자비를 데리고 주변 야생화를 돌보며 한가함에 노닐면서 노작노작이다 보니 시간을 모르고 산단다.

참 잘 산다. 어느 분이 그랬던가. 혼자일수록 온 세상과의 문이 열리며 더불어 살기에 외롭지 않다던 그 말이 생각난다.

이름이 자연이라더니 이름처럼 살아가는 스님이구나! 그렇다. 순자도 '막신일호(莫神一好)'라, 하나를 붙들고 좋아하다가 그 하나에 미쳐 통달하는 것보다 더 좋은 건 없다고 했다.

자연스님 시를 읽다 보니 막신일호가 되어가는 게 아닌가 싶다. 혼자 생활하다 보면 대개 외로움에 무엇인가를 찾지만 곧 권태에 지겨워서 어둡거나 가라앉아 보이게 되는데 언제나 그처럼 해맑은 이는 그 어디에도 없다.

이번에 평소 끄적이던 시들을 보니 가야금 가락에 춤추니 물이 되어 흐르고 안개 되어 피어오르네. 어화둥둥 내 사랑이라네!

지리산 토굴에서 **설잠**

고맙고
감사드립니다

느리게 가는 개령골 야생화처럼 노지에 적응하며
마음 속내 허심탄회 털어내던 물속에 비친,
흘러가는 이야기들이니 굳이 시라고 할 것도 없는데
속내를 드러내는 것 같아
마냥 부끄럽기만 하네요.
초조한 마음 생각 없이 끄적인 이번 시집에
백산거사님, 청계 선생님 그리고 많은 분들의 도움에
고맙고 감사드립니다.

방하 자연 합장

차례 —————————————————————————————

느리게 가는 개령골
————————

나의 사랑은

님을 뵈옵고
한가로운 차를 다린다
온방에 차향 가득하고
상념은 인연들 향기에 젖어든다
묵은 인연 새 인연
어디 따로 분별 하겠냐마는
시절인연이 마주한다
오늘 밤 나는 큰 달님에게 간절한 청을 할 참이다
스스로 고요하게 해주소서
사랑하게 해주소서
분별이 허락지 않는 사랑
미움까지도 사랑한 사랑
시기를 내지 않는 사랑
원망도 내지 않는 사랑
욕심은 배려가 되게 하시고
집착은 공기보다 더 가볍게 하시고
이런 것들은 사랑 속에
하나임을 늘 알아차림 하게 해주소서

느리게 가는 개령골

유유히 흐르는 물처럼

걸림없이 부는 바람처럼

분별없는 마음 이게 하시고

바람이 상을 내지 않고

누구에게나 다가가듯

서늘하고 따순 바람이게 하소서

계곡물에 달이 떠오르면

달물 한사발 길러

고요하고 향기로운 달차를 마시리라

그러나 이런 사랑은 재미는 없을 것 같다

큰 달

한밤중에

구름에 갇혀버린 큰 달을

은밀히 처소로 모셔왔다

큰 달 대신 몇 개의 촛불을 밝히고

잠시 후

붉은 온기가 스며오고

큰 달의 수줍은 그림자가 움직인다

뜬금 없는 낯선 초대에

부끄러운 화색이 붉디 붉다

처소 주인장은

수줍게 웃고 있는 큰 달에게

아끼던 차를 내어 주고

무언의 이야기는 고요히 흐른다

들릴 듯 말 듯

주인장 차 나누는 그림자

숨소리도 침범치 못하는데

외로움이 목젖에 턱 걸린다

무언의 찻자리

큰 달은 말이 없고

고요히 고요히

연분홍빛 외로운

침묵만 흐르고 있었다

느리게 가는 개령골

인연(因緣)을 그리며

천상에서 오고

지상으로 와도

인연이 없었던 건

마음이 따르지

못한 탓이지

옥같이 맑은 계곡과

그림 같은 산은

마음의 눈 밝게하여

옛 벗을 그립게 하네

꽃을 꺾던 정자에서

밤비 소리 들으며

구름 가까운 윗방에서

좋은 샘물로 차나 끓이자

님의 자리

물 흘러 간 곳에
물이 흐르듯
님은 가시고
님의 자리에 우리가 서네
지나가 버린 모습은
색이 없고
향이 없고
틀이 없고
강으로 깊어져
물에 글씨를 써본들
물은 의미를 짓지 않고
물이 그대로 물이듯
님은 물처럼 가시었다
구름 되어
바람 타고
다시 오시어
물 흘러간 곳에
물이 흐르듯
우리가 가고
우리 자리에 님이 서네

느리게 가는 개령골

님의 자리

내 사랑 별님은

밤이 되면 무수한 별들은
선한 마음 밭을 내어주지
애인 없는 하늘
나는 스스로 애인으로 자처하지
고독한 별자리 불러들여
사랑의 넋두리를 읊조리지
내 사랑 별은 어디에 있을까?
내 사랑 별은 저 별님일까?
내 사랑 별은 이 별님일까?
아니, 아니, 흐릿한 미소로
나를 따라 다니는 저 별님일거야

14

밤하늘에 가난한 사랑은
선하디 선한 눈빛으로
고요함으로
고독함으로
외로움으로
어두움도 초월한
가난한 사랑을 찾아
서로를 희롱하며
노닐고 있음이지

내 사랑 별님은

하아얀 달

삼경에 떠있는 저 달은

핏기 잃은 채 하얗네

몇 날을 굶주린 하아얀 달이 떠있네

먹물 같았던 밤도

하얗게 떠 있는 저 달이 있어

그래도 산자락 새벽은 포근하지

그윽한 님에게로 가는

걸음걸음마다

풋익은 열아홉 살 처녀 마음

입가에 흐르는 막 피어난 꽃봉오리

설레는 마음은 달을 쫓고

나는, 달 속에 고을이 하도 궁금해

달 품에 안기려 할 때쯤이면

내 님은 때맞추어 마중 나와

나를 안고 가버리지

신새벽 하아얀 달에게
연지를 찍어주고 싶다
불그스레한 연지를
부끄러운 입김 불어 넣어서

하아얀 달

숨 쉬는 인연

어디로 가느냐

어디를 가느냐

파란하늘 흰구름

둥둥 오락가락

허공이 허공이 아니도다

번뇌의 온상

숨쉬는 인연

언제 어느 때 놓고

눈뜰 때로 돌아가

젖꼭지 입에 물고

젖꼭지 손에 쥐고

세상 다 가진 아이처럼

해맑은 웃음 웃던

무심의 그때가 있을랑가

어둠의 자리를 건너며

으슥해진 밤

덜커덩 울음 소리

큰산 타고 내려와

잠든 숲을 깨우고

흐르는 계곡을 깨운다

광폭한 바람 소리

가슴을 헤집고

깊숙히 파묻어 버렸던

어둠을 불사르네

잠긴 문고리에

흔들어대는 소리

행여, 님이 오시었나

어둠 안에

정갈하게 단장을 하네

저어하는 바람 소리

어둠 지우며 맞은 빛들이

피안의 길을 열어주는 구랴

느리게 가는 개령골

내려 놓음

흰구름 끊어진 곳에
청산이 서 있고
산과 물 가운데
내 마음은 떠 있네
과보의 응징은 엄격하여
스스로 그림자가 따르네
담아둔 심보 하나씩
놓아주고 보니
맑고 맑은 온정이
서리밭은 푸르르고
따사로운 마음 품으니
고요가 미소를 동무하네

소리

새벽 바람 소리에

귀 기울이며

맑은 소리가

고요히 와 닿지

나무에 숨소리는

바람이 비비적거리는

소리일 테지

골짜기에 스산한 바람은

무슨 색깔일까?

계곡물 흐르는 소리는

무슨 빛깔일까?

소리

요지경 세상사

은인이 원수되고
원수가 은인되네
허망한 마음에
매여 사는 어리석음아
원수 은인 한결같이
너의 뜻이 아닌데

거기에 마음을 써서 무엇하리

녹수 청산을 벗하고
살아가면 그뿐인데
허허 하하 웃고 살자
허허 하하 웃고 가자

28

허공을 바라보며

새벽 바람이
붓질하며 지나간다
빈 허공을 바라본다
분명 빈 허공이다
허나, 손가락 하나
뻗었을 뿐인데
이미 허공에
상처가 보인다

마음과 함께 가는 시간

늘 똑같이 흐르는 시간

마음 따라

바쁘게도 가고

느리게도 가고

슬프게도 가고

기쁘게도 가고

그렇게 시간은

내 마음과 함께 가고 있다

오늘 내 마음은

바닥에 흘린 시간을 주워

개령골 계곡물에

흘려 보내주고

외로움을 사랑하는 나는

겨울이 쓸쓸하다고

마음이 겨울만큼 시리다고

그렇게

잃어버린 영혼의

시간과 함께 가고 있었다

마음과 함께 가는 시간

그리움 1

바람이
가는 곳을 아는가
구름이
오는 곳을 아는가
가는 것도 모르고
오는 것도 모르고
삶은 꿈처럼
화살같이 지나가네
눈 깜짝할 사이에
세월은 저만치
사라져 가버리네
그리움도
그리움도
한 순간이라면
얼마나 좋을까
그립다 그립다
허기진 배통처럼

그리움 1

구름 속 달님 찾아

밤사이

초롱초롱한 별들이

어디로 갔을까?

새벽 하늘 달님

어찌 구름 속에

숨어 버렸을꼬

내 마음도

구름 속에 달님 찾아

가쁜 숨

몰아쉬며 바삐 가네

느리게 가는 개령골

바람이 분다

바람이 분다
아주 고요한 바람이
깊숙한 그곳까지
바람이 스며들고 있다
비밀스런 마음자리는
더이상
숨을 곳 사라져 버렸다

보고픈 님아

그립다 하니 더 그립고
보고프다 하니
더 보고픈 내 님아
그대는
정녕 아시려나
이 아침
창공을 날으는
작은 새 등에 업혀
님에게로 가고픈
이 내 심정을

느리게 가는 개령골

느리게 가는 개령골

외로움

님을 뵈려 나서는데
어둠 속에서 들려온다
추적추적
소리가 점퍼에서
또르륵 구른다
캄캄한 사방에서
들려오는 소리가
외로움을 스며들게 한다
처마 밑에
한 아이는 우산을
손에 들고 빗방울을
세아리고 있다

홀로 외로운 섬

섬에 와

홀로 부르는 메아리는

대답해 주는 이 없어 좋네

섬에 와

홀로 듣는 바다울음도

외롭다 하지 않아 좋네

솔가지에 살로 틔어 아픈 산새소리도

사람 몰래 깨어 숨 쉬는 풀벌레들도

불꺼진 석등 아래

미미한 달빛 아래

그렇게 그렇게

사랑하며 모여들 사네

그러다

섬이 흐느끼네

너무 외롭다 하네
고요히 작아지는
외로운 섬은
고독한 한숨 내쉬며
흐느끼네
처얼썩 처얼썩

홀로 외로운 섬

미련이 남아

해가 뜨고
시방이 밝아도
앞이 가늠되지 않아
허공에 손짓만 하네
한 생각 놓아 버리면
빈 마음이련만
모양 없는 마음을
두 손으로 들으려 하네

그리움 2

산중에 바쁜 숨을

내뿜고 있다 하나

마음은 님 따라 노닌다 하니

밤사이 숨소리

그리움을 토해 내더라니

새벽녘에 마주한

붉디붉은 그림자

토닥토닥 어르고 달래

곱게 안아 깊숙이

숨겨 놓더라니

그리움.2

타오르는 불심(佛心)

지리산 어느 골에

소방차도 끄지 못하는 불이 있다고

소문이 되어 선들바람 따라서

말라 붙은 능선을 흔들며

세차게 번지는 불이 있다고

그 불길 사루어져서 보채다가

먹장구름 터트리면 폭포되어

벗겨진 산등성이를 쓰리게 적신다고

하늘하늘 떠돌다가

법금의 회초리 만나고서야

온 산을 후려친다더라

누구에게는

초저녁 별은
분명 까르르 웃고 있었다
슬픔을 가진 자는
하늘에 별을 보며
말을 한다
몸서리치게 외로운 것도
고독을 품을 수 있는 것도

심오함에 빠져 입맞춤하던 꽃이

뜨거운 화상을 입고

되돌아 와야만 하는 것도

모두가 그런 거라고

그러나 어찌 눈부신

태양이 나만의 것이랴

눈부시게 피어오른 태양일지라도

이제 막 피어난 꽃잎에게는 절망이 될 수도 있으리

속삭이는 바람

그래도 세상은
살아볼 만한 가치가 있다고
소리치며 바람이 지나간다

그래도 사랑은
해볼 만한 가치가 있다고
소리치며 바람이 지나간다

그래도 슬픔은
묘한 힘이 있다고
소리치며 바람이 지나간다

사소한 것들이 그래도
세상이 바뀌고 나를 바꿔버린다고
소리치며 바람이 지나간다

바람이 바람이
그렇게 속삭이듯
소리치며 지나간다

느리게 가는 개령골

속삭이는 바람

허상으로 허공으로

무엇으로 서 있는가
바람도 잠겨버리는
망망 허공이다
어디로
흐르고 있는 것인가
앞으로도 뒷걸음도
뗄 수 없는 허상이다
얼마만한 깊이로도
열리지 않는
안개 낀 차가움은
헐떡이는 심장에서
솟구치는 붉은 꽃송이
피어나 있을 뿐이다
허상으로
허공으로
꽃 한송이
피어나 있을 뿐이다

요동치는 가슴

어찌하여 이렇게 거대한

존재 앞에

서게 되었는가

작은 가슴은 받아낼 수 없는 엄청난 물결이

깊은 살 속으로 파고

들어온다

영혼이 잠자는데

예리한 무엇이 꿈틀거린다

아니, 차가운 혼돈으로

세찬 몸부림으로

한 획을 찾아

꿈틀거리는 산맥을

숲에서 해일은 곤두박질을 친다

슬픔

악기들의 울림

아름다운 선율

울림통에서 한없는

슬픔을 토해내고 있다

뼛속 마디마디 아니

시방삼세 만물이

아픔으로 스며들고 있다

느리게 가는 개령골

새벽에 맑은 차 한 잔이

고요히 목젖을 타다가

그만

슬픔으로 걸려 있다

고독 1

고즈넉한 겨울비
소리없는 음향이 느껴진다
어둑해진 산자락에
얇은 고독이 퍼득인다
무지한 무식이
구름에 걸린 달이
숨어 버린 것은
구름을 싣고 가는
바람 때문이라고
고독한 몸부림을 외친다

느리게 가는 개령골

고독 1

느리게 가는 개령골

고독 2

바람이 길게 멈추어 섰다
그 위대했던 의지의 설움이
비가 되어 토해내고 있다
서럽게 내리던 비는
새벽녘에도
설움을 삼켜내고 있었다
어둠 속에서
구름을 찾으려 하고
멈춰있는 바람을
안으려 하고
가난한 사랑을 찾아
자유로운 고독은
몸서리게 헤메고
가느다란 날개짓은
허공으로
파드득 털어내고 있었다

마음의 고요

새벽 달빛 번개 같다
부들부들 떠는
마음의 고요
뿔뿔이 끊어졌던
뿌리를 모은다
내 귀의 청명함이
깃 속에 푸른 바람
품고 잠든
새의 꿈을 듣는다

그리움 3

고요가 머문
어스름 어둠이 밀려오고
까만 하늘이 물드는 시간이며
산너머 기어오는 하얀 달빛이
너무도 아름다워
그리움 하나 꺼내
만지작거려 본다
까만 밤하늘 대중들
속삭이는 미소
처소 창문까지 세어 들리고
까만 하늘도 그저 곱다고
나도 모르게
뜨락에 발길 내딛는다

그리움 3

느리게 가는 개령골

자유로운 사랑

잡을 수 없는 바람
고요히 스며온 바람
어느새
돌아온 울음 찬 바람
뜨거운 언어로
그대의 하늘을 불러본다
고요한 별 하나
그대라 믿고서야
이미 상실한 넋으로
자유로운 사랑과
노닐고 있는 것이다

구름 인생

형세가 떠오르니 구름같이

모인 그들

처지가 어려우니 안개처럼 흩어지네

모였다가 흩어짐이

그들 인생 아니던가

바람소리 요란하다고

구름들 몰려가고

바람소리 고요해지면

뭉게구름 뽐내고 나투시네

이런 거라네

하늘에 사는 특권을 누리니

아름다운 거라네

회상

새벽 빗줄기 핑계 대기
좋을 만큼 쏟아진다
이렇게 앉아 차를 다리며
님을 뵈옵고
시절을 불러들이고 있다
깜깜한 빈 하늘에
심한 울음보가
터져 버렸나 보다
그 마음 알거라

그만 우시라
다독여 보아도
내 간절한 소리는
들리지 않나 보다
큰소리로 뚝뚝 떨어져
스며들게 만들고 있다

그림자

채워진 바람만큼
발걸음 허기진다
울음 섞인 인연빛
그림자가 일어선다
두 손 모은
가슴으로만
안을 수 있는
그림자를
두 손 벌려
허공에서
안으려 하고 있다

봄바람

바람은 쉬어도
꽃은 떨어지고
우는 새가 있으니
산은 더욱 고요하네
불어오는 봄바람을
어이 막으리요
어젯밤
흰구름과 지샜다는
증자가
새벽녘 산 위에 걸린
달을 보고 알겠네

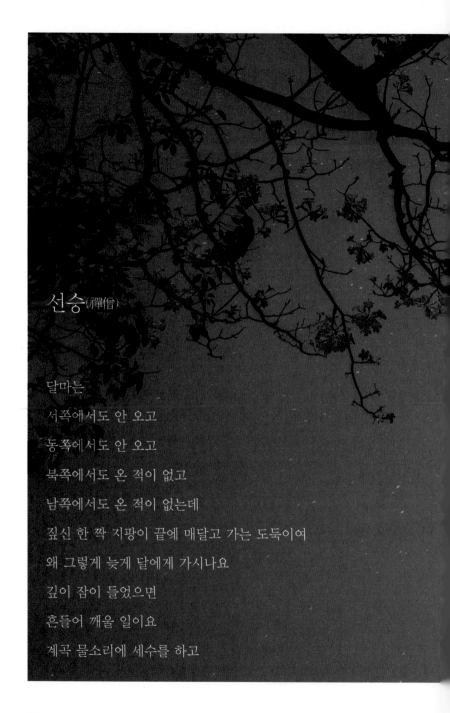

선승(禪僧)

달마는
서쪽에서도 안 오고
동쪽에서도 안 오고
북쪽에서도 온 적이 없고
남쪽에서도 온 적이 없는데
짚신 한 짝 지팡이 끝에 매달고 가는 도둑이여
왜 그렇게 늦게 달에게 가시나요
깊이 잠이 들었으면
흔들어 깨울 일이요
계곡 물소리에 세수를 하고

느리게 가는 개령골

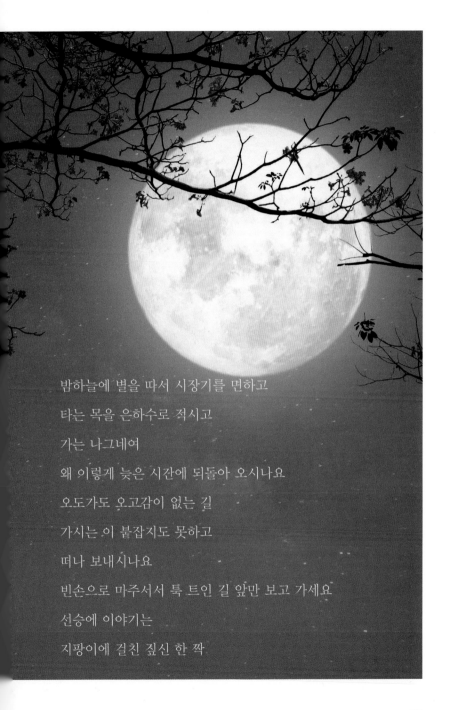

밤하늘에 별을 따서 시장기를 면하고

타는 목을 은하수로 적시고

가는 나그네여

왜 이렇게 늦은 시간에 되돌아 오시나요

오도가도 오고감이 없는 길

가시는 이 붙잡지도 못하고

떠나 보내시나요

빈손으로 마주서서 툭 트인 길 앞만 보고 가세요

선승에 이야기는

지팡이에 걸친 짚신 한 짝

수행의 길

비 갠 후

밖을 내다보니

먼 산은 가까이 다가와 있고

흐렸던 산색은 더욱 푸르다

어찌 그렇지 않으랴

더렵혀진 공기까지 말끔히

닦아 놨으니

그러므로 알겠다

하늘에 신의 슬픈 눈동자

왜 이따금씩 설움을 토해내

그의 망막을 푸르게 닦아야 하는지를

눈이 흐른 나는

심오한 사랑을 더듬는다

가벼운 걸망을 메고

길 없는 길을 나선다

느리게 가는 개령골

달그림자

대나무 이끼 무늬

아롱진 수를 놓고

돌 틈새 솟는 샘물

베개 머리맡에 쏟아지네

봄바람 대숲 산정을 울려대고

달밤에 춤추는 달그림자

산허릴 감더니 물위에 뜨네

얼기설기 고목등걸

참 괴상도 하여라

대숲 짙은 울음 속

바람소리 애절쿠나

그 창자에는 욕심도 없나

둥근 달 차오르니 그림자는

금을 이는구나

달그림자

바람은 멈추지 않네

망상이 많았던 밤시간
쓸데없는 걱정으로
새벽을 맞이했네
오고감이 자유로운
바람을
간다고 하고
잡아 두려하네
그물이 아무리 촘촘하고
거대한 돌산이 뒤로
앉아도
바람은 돌아돌아
스며들고 간다는데

봄날 1

맑은 날 개령골에
햇살 내리니
구름 걷힌 하늘에서
산비둘기 짝지어 노니네
사람이
봄날에 시름에 힘겨우네
꽃이 피고 진다고
온갖 서러움 탓하리
초협의 구름 탓으로
님은 만나지 못했는데
어찌 꽃피는 봄날이라고
오해하지 않으리오

봄날1

봄날 2

봄이 오면
고운 달님 어여쁜 꽃들과 춤을 추는데
찾아드는 시름에 몇 해를 홀로 보냈는가
날개 맞대고 함께 날아갈 님이 없어 외로운데
푸른 하늘에 저들은
서로를 희롱하며 춤을 추네
석등에 불 꺼지면 북두칠성 가로눕고
달도 반은 기울었는데

느리게 가는 개령골

어찌 푸른 적삼 구겨지고

반지르한 머리카락 흩어지나

봄날의 온갖 사랑 이야기는 내게는 어울리지 않아

비비적대는 봄바람에 외로움을 함께 나눌 뿐이지

봄날2

그대를 찾아서

이른 새벽 그림자도
데리지 않고
가벼운 빈 마음으로 가서
그대를 부르리라
아주 나즈막이 부르리라
잡을 수 없는 아득한 음성
메아리로
돌아오면 어떠하리
그대가
저기에 있기에
다 늦은 저녁이라도
그대를 불러 보리라

무심(無心)

마음 맑게 고이는 곳에
빈터 하나 열렸네
높은 산 둘러 앉히면
정갈한
그림자 하나 나투시네
이미 하늘에
구름은 지나가도
빈 하늘이라고
무심은 붓질하네

무심

가을 문

가을 문이 열렸다

밖에서 웅성거린다

이별 바람이 불어주는데

낙엽이 버티고 있다

옆에 고목이 그 모습에

혀를 차며 바라본다

죽음 한 장 떠도는 낙엽

어쩌다 문이 열리면

뼛속까지 아리는 말

아니다 아니다 내 것 아니다

도로 문을 닫아라

가슴에 품은 그리움

돌아갈 길은

어리석음이 막아놓고

산모퉁이 돌아

움켜쥔 그리운 흔적

가슴에 품은 그리움

흐르는 눈물이

다시는 기약이 없구나

미련한 마음을 어찌 갈무리할꺼나

흰 소의 다정한 음성

이미 들은 지 오래련만

산승에 귓전에 회오리 바람만 부네

인적도 돌아갈 길도

끊겨 버리면 좋으련만

새소리 아침 일찍 들려오는 그곳에서

오롯이 회한의 시간을 보낼거나

머언 시간이 덧없이 흐르다 보면

흰 소의 그리움도 빛바래 버리려나

느리게 가는 개령골

그리움 4

노송이 달빛 타고
하늘을 오름은
고운 님 그리는 마음이라네
이보시게
떠난 세월을
어이해 부르시는가
세월 속에 묵은 정들이
한 자리씩 차지하고 있으니
밀어내본들 허공에
자리 다툼일세
이보시게
어느 산자락에 달이 익거든
전해주시게나
개령골 심장이
벌겋게 달아올라
떠오르는 달이라고

개령골 1

여기는 세상과 너무 멀어

아득한 목소리도 들리다 마는 곳

풀 한포기 돌멩이 하나에도

정주고 살아야 하는 곳

하루가 백년이 되어

기다리다 잠이 드는 곳

그리운 것 많아

간절한 것 많아

애기같이 보채다가도

세상 밖이 너무 멀어

주섬주섬 맘 다스리며 살아야 하는 곳

보이지 않는 세상을

들리지 않는 말씀을

빈 방 하나를 내어주고

오랜 시간 세상 이야기 들어가며

잠이 드는 곳

개령골 1

님을 찾아서

하루는 나무가 된다
하루는 꽃이 된다
밝은 달 맑은 바람이 되면
단박 정토에 이를랑가
산이 된다
폭포수로 내리 꽂히는
보이지 않는 소리
회색 옷자락 너울대며
한 골로 달려가며
보이지 않는 님을
뵈올 수 있을랑가

차(茶) 1

오래도록 앉아 있어

피곤한 긴 밤중에

차를 달이다

그의 은혜 느끼네

한 잔의 차로

망상을 잊고

어둠과 벗하니

맑고 고요함이

허공에 가득하네

차(茶) 2

손에 닿는 찻잔과
색과 맛이 자랑스럽네
달라붙은 그 맛
입 안을
연하고 부드럽게 하고
젖내음 같은 게 있으니
아이처럼
어려지기도 하는구나
숙연한 방 안에는
아무것도 없는데
솥 안에서 차 끓는 소리
사랑스럽게 들리네

수행(修行) 1

골짜기 얼킨 구름들은

서늘한 그늘 만들고

좋은 곳 찾다 보니

경계만 깊어졌네

산골물 돌에 떨어지니

옥소리 내고

차 끓이는 연기는

모락모락 숲을 뚫는다

맑은 정신 깊은 깨달음

솔바람 속에 있으니

멀리 있는 마음은

속된 운치도

침범하지 못하네

세상에 누가 알랴

이 같은 모임에 참여할 줄을

들에서 나는 소리로

고결한 시에 답하니

부끄럽기만 하네

느리게 가는 개령골

차(茶) 3

푸른 향기 띄워

그대 찻잔에 차를 나누네

가슴에 무늬져 그대를 마시네

첫 번째 잔은 그리운 잔이요

두 번째 잔은 보고픈 잔이요

세 번째 잔은 야속한 잔이요

마지막 잔은 둘이 아니로세

텅 빈 마음에

달 없는 달이 뜨네

개령골 2

새소리 듣노라
저녁 일 쉬고
물가에서 풀들과 노닐었네
의지할 좋은 싯구 흥에 실어 보내고
아름다운 마음 양지에 모아두세

샘물소리 돌에서 엉키고

솔향 바람이 와 때맞추네

차 마시고 고요한 물가에 다다르니

그 정취에 돌아갈 시간도 잊었네

너는 누구이고 나는 누구인가

하는 일 없이 바쁘던 몸이

문득 차를 따르니

마음은 또 타다 만 불꽃처럼 떠난다

사랑이 문제던가

미움이 답이던가

만리 길 떠날 채비

이제는 그만하지

허공에 맴돌던 사연들이

찻잔 속에 잠기는데

끝내 지금 있는 것도 모르고

아직 없는 것만 찾는가

보이지 않는 춤을 추는

너는 누구이고

들리지 않는 노래 부르는

나는 누구인가

밤이 운다

밤이 운다
메마른 나무 가지에서
바람 소리에서
무서운 어둠 속에서
사나운 바람소리로
설레는 가슴으로
깊고 깊은 어두운 밤을 타고
악몽을 쪼개면서
설레는 밤을 맞이한다
침묵의 고요를 타고
곤히 잠든 목마름을 깨운다
무겁게 걸어가는 산그림자
알아차림일까
밤이 운다
떨리는 밤은
그렇게 밤새 울고 있었다

아이에서기 晴漢 03.9.

고요 속으로

하루 공부 이제야 마쳤다

저승길 거리낄게 없으니

낮잠이나 청해볼까

견두산 산봉오리

고요에 잠기고

개령골 맑은 빛

하늘에 닿았구나

지나간 바람 붙잡아

차를 달여 마시니

약이 다하고 향이 날아가도

고요함은 남아 있네

실상에 대한 그대 말씀

이미 믿고 보니

소란이나 고요가

다 선인 줄 알겠구나

깨달음

운명을 초월해야

내가 피어남을 아는지

바람도 구름 안고

산을 넘는다

남몰래 아파하던 사연도

여기에 다 묻고

짐 풀고 추억이나

따라 붓자

느리게 가는 개령골

너 없는 아견도

나 있는 아상도

사람 오해 않고

이해하면

여시여시 여시여시

선정

생각을 일으킴이나
생각이 없음이나
바로 선정 삼매라오
한시도 정진을 여인 적 없어
따로이 선방이 없음이니
그대 마음이 머무는 곳
선방 아님이 없음이요

머물고 가고 옴에 화두가 있으니
선방을 여의는 적이 없음이라요

세월이 가고 와도
내 알 바가 아니어라
선정에서 세월을 노닐다
선방을 벗어날 기약이 언제일꼬

방하착 하소
달빛 속에 서 있는 그대여

그리움의 꽃

그리움의 꽃이 피었습니다

이쁜 꽃 사랑의 꽃이 피었습니다

가지마다

이름이 들어 있습니다

님 향한 마음이 간절한

기도의 꽃이 피었습니다

님 그리움으로 지새운

눈물의 꽃도 한아름 피었습니다

님 향해 고개 숙인

애달프고 서러운

애증의 꽃도 소복이 피었습니다

가지마다

님 향한 그리움으로

이슬이 맺혀 있습니다

가냘픈 가지에

두근두근 심장이

달렸나 봅니다

그리움으로

그리움으로

사랑의 꽃

예쁜 꽃이 피어났습니다

그리움의 꽃

그리움 5

눈 밝을 때 보이는 것 많아서
땡깡도 많이 부렸지
눈 감으니
보이는 것 천지인데
고요가 가슴을 쓸어내리네
어찌할꼬
봄바람에 실어온 그리움
깊은 곳 스며드는데
철든 아이는
붉은 눈만 깜빡거리네

꽃송이

허공 가득한 말없는 말씀
하늘 땅 모두 흔들어
저 구름 자락에
휘날리는 하아얀 꽃송이
무주공산 무언의
아름다운 수줍음이네

꽃송이

빈 마음

한 생각 생각 속에
숨어 있는 운명을
본래 빈 마음
걸릴 것도 없는데
허우적대는 모양새라

느리게 가는 개령골

달 뜨면 이슬 내려

목마름 줄이면 그만이지

그대

하늘 아래
생각 있는 이
그 이름
신음소리에
솔잎 몇 번 졌나
한가한 구름
불러오지 말고
허공에 길 열어
사랑노래나 부르세

앞뒤

어리석음아

어리석음아

앞서가서는 아니 된다

지혜스러움아

지혜스러움아

뒤에 와서는 안 된다

내 마음 어디에 있을까

마음 간 곳 따라

지친 다리를

계곡물에 담근 채

갈 길을 더듬다가

물속에 다리 보니

마음이 거기 있드라

마음 찾은 기쁨

가눌 길 그지없어

허공을 쳐다보고

큰숨을 몰아쉬니

날랜 마음 어느새

달 속에 들어 있네

훤히 비춰지는 날엔

내 마음에

담긴 달을 어느 게라

정해둘고

새벽 하늘

산 바람이 빗질을 한다
새벽 도량 날 새우며
가질 것 하나 없는 하늘
구름은 빈 골짜기를
잠시 머물 듯
둥둥 북치며 가버린다

138

새벽 하늘

유유자적(悠悠自適)

구름 바위 위에
내 살고 있음은
내 성품이 게으른
때문이지만
숲속에 앉아 그윽한
새와 벗하고
냇가를 거닐며
노는 물고기 벗하여 좋아라

유유자적

느리게 가는 개령골

적막한 산에 빗소리만

비가 오네

바람소리 적시며

내리는 비는

빈 허공도 젖어드는데

수년이 내려앉은 적막을

무엇이 깨부수는가

낯선 객이 다녀가도

산은 더욱 빈 산

어느 뉘가 알리요

스스로 정한

선 하나 그어 놓고

흔들흔들 지탱하는 속내를

천진불 상좌

도량에 잡초를 뽑아내고 있다

뜨거운 햇살이 온몸을 달구어 버리고 있다

밀짚모자를 벗으면서 내 상좌가 말한다

스님, 바람한테 그만 쉬고 일어나라 하십시오

너무 덥습니다요

내 상좌는 나는 무엇이든 다아 할 수 있다고 믿고 있다

그런 천진불이기에 나는 기꺼이

쉬고 있는 바람을 흔들어 깨운다

바람아!! 지월이 덥단다

그만 쉬고 얼른 일어나렴

그 한마디 허공에 던졌을 뿐인데

상좌는 말한다

스님, 바람이 붑니다요

역시 스님께서는 대단하십니다요

휴식
아래서

벗이 그리워서

남에서 오고
북으로 가도
인연이 없었던 건
서신이 사람을 따르지
못한 탓이지
비단같이 맑은 강과
그림 같은 산은
마음의 눈 밝게 하여
옛 벗을 그립게 하네
꽃을 꺾던 정자에서
밤비 소리 들으며
구름 가까운 윗방에서
좋은 샘물로 차나 끓이자

느리게 가는 개령골

밖에 비는 내리고

굴뚝에서 송진향이 춤을 추네

느리게 가는 개령골

인적이 드문지라

송문 밖에 마음 두고

귀한 차 두어 잔 나누어

그리운 벗을 기다리네

느리게 가는 개령골

자연(自然)

평생토록 곱고

예쁜 것 찾다가

지팡이 드디어

옛 시냇가에 멈췄네

그윽한 난초도

새 향기 머금었고

울창한 나무는

맑은 그늘 만들었네

가을 물은 해저무니

더욱 푸르러

괴로운 마음

맑게 씻어 주네

좋은 자연 같이 즐기니

기쁜 마음에

나의 가락은

좋은 벗이 있어

더욱 좋으네

마음 벗

혼자 있어 외롭지 않은 건

마음 벗과 하나임을

알기에

더불어도 번거롭지 않음은

너와 내가 둘이

될 수 없기 때문이리

물이 얼음이 되고

얼음이 물이 되듯

내 마음에 따라

보이지 않음 속에
보여진 것 있었다 할 것인가
어두운 마음이면
밝아도 보이지 않을 것이요
마음 밝으면
어두워도 보일 것이니
보이고 보이지 않음은
모두 내 마음이로다

무념무상(無念無想)

그대를 사랑하는 이 노릇은
순전히 혼자만이 이룩한 빛나는
사랑이라고는 할 수 없겠지
그러나 시방
젖줄을 타고 내리듯
속살이 내 비칠 듯
햇빛 내리는 정자 앞에서는
아무 소리도
아무 빛깔도
내세울 수 없으리라

그곳에 바람이 와서

무상의 무늬를 빚고 있는

고요하고 아름다운 세계를

흔들어도

적당한 거리를 두고

공으로 보고 누려보리라

느리게 가는 개령골

무상(無想)

가고 오는 것이 무엇인지 나는

알지 못하네

화두되어 맴돈 무상

닿을 수 없는 바람인가

꽃대들 흔들다 길을 간다

세월에 발자욱마다

빗물 되어 추억은 흔들고

환한 빛 썰물 따라 떠나가니

숙연한 마음 밀물 따라 밀려든다

세월 지난 자리

헛헛한 망상뿐이로세

덧없는 인생(人生)

덧없는 인생

신기루 같음을 알았으니

허깨비 같은 업에

인정없다 어찌 근심하리

속세에 얽매여

마음 맑게 하기 어려운 건

몸이 가볍고 하는 일

없음에서 비롯되리

외로운 지팡이

얼마나 푸른 산을 찾았던가

노를 저어 푸른 바다에 나가보고

오늘은 산꼭대기에

올라가 보니

빈 하늘 저 멀리에

기러기 소리 아련하네

달

세상은 슬픈 거라며

한없이 서러운 거라며

새빨간 저녁놀에

홀로 가라고

엉켜 있는 모든 것들은

바람에 내맡기고

온갖 폼 다아 잡고

홀로 가라고

가다보며

캄캄한 밤하늘에

눈썹달이 수줍게

떠 있을 거라네

달

복사꽃

봄바람에 피어난 복사꽃
뉘가 반길꺼나
개령골 맑은 옥에
스스로 흠집을 내었네
은은히 불어오는 봄바람 탓이려나
고목을 휘감은 연리지 탓이려나
산중에서
무심히 흐르는 그리움을
억지로 잡아 두려 하네

복사꽃

꽃은 바람을 품고 있었다

꽃이 흐느낀다
지천으로 새움하는
바람 탓이려나
무구한 바람을 모아
목젖에 닿은 어떤 의식은
가슴에서 파상으로 부서진다
몇 고비를 잘 넘긴 꽃봉오리
자세히 들여다 보면
그래도
꽃은 바람을 품고 있었다

목마른 사랑

먼지 쌓인 마음에

날아든

그대의 그윽함

지긋이 눈감으면

고요한 향기

은은하게 스며든다

알 리 없는 그대는

달님이 가시어도

새하얀 새벽을 품고

피어나고

처처마다

생각 속에서

눈동자 속에서

발길 머무는 곳에서

함께하는 그대는

늘 목마른 사랑이다

자유로운 구속(拘束)

하얀 모란을 닮았다는 말씀에

마음밭에 수줍은 모란꽃이 피어오르네

나의 입김으로

서러운 기도는

자국 없이 저 허공을 울리고

모란의 노래를 희롱하네

나는 가장 외로운

고독을 깊게 사랑하리라

한 영혼의 심연이 머금은 그 말씀

자유로운 구속

스스로 그대의 성에

갇혀도 좋다네

달님을 벗 삼아

벙어리 꿈 이야기
뉘에게 하랴
물속에 달 건져
차 한잔 달여 마시며
말 붙일 곳 사라지고 없네

달님을 벗 삼아

느리게 가는 개령골

심연(深淵)을 헤치며

지난 세월은

내 기대에 어긋났으니

이를 생각하면 마음만 쓰라리네

인간의 깊은 속은

알 길이 없으니

거리끼고 싫은

그 사이를 벗어나기 어렵네

어찌하여 미리 막지 못했던가

지난 시간 밟으니 오한이 일어난다

점차 밝아오는 동녘을 바라보니

새벽 안개 걷히고

앞산이 드러나네

느리게 가는 개령골

허무(虛無)

새벽닭 홰를 치니

밤 잠 툴툴 털어 버리네

아궁이 삭정 불 일어

무심한 세월 앞에 독대하니

세상만사 시들허네

오미상실한 혀가 변하니

맛은 소태 일색이네

변화무쌍 하늘

새벽 이슬 오묘타

신비한 부상 일궈

천태만상 꽃을 피우니

희끄무레 그림자만 따르네

고독(孤獨)을 사랑하다

빈 하늘에 텃밭을 하나 마련해 놓고

낮시간 때 흘려 놓았던 씨앗을

밤이 오면 고독한 새순을 찾아 애인으로 섬긴다

신은 내 넋으로 하여

고독한 별 불러 앉혀 놓고

어두운 빛도 초월한

고독한 주인장 호밋소리가 구슬프다

스스로 자유로운 구속을 하고

고요히 울려퍼지는 외로움을 사무치도록

사랑하고 있는 것이다

무생(無生)의 이치

큰 도는 지극히 넓고도 깊어

바다같이 끝이 없네

진리는 모두가 의지하는 바라

나무같이 그늘을 드리운 것 같네

묘한 작용은 뚜렷해도 알 수가 없어

억지로 마음이라 이름 붙였더라

차가운 달빛 안고

밝은 밤에 내리는 눈처럼

고요히 쉬어도

온갖 인연이 침범하는데

그대는 보았는가

무생의 이치를

한없는 세월도

바로 지금이더라

고독한 발걸음

이른 새벽 발걸음이 외롭다

새벽 하늘이 슬프다

밤사이 그림자는 어디로 숨었을꼬

사연 담긴 보따리

풀어 보지도 못하고

무언의 고독한 이야기는

허공 속으로 보내준다

고독을 짊어지고 산길을 걷는 뒷모습은

외로운 학이라 할까

밤하늘

산은 고요하고 해 저무니

비로소 하늘 길 열리네

이미 정해진 바

각자 처소에 불은 밝혀지고

적막한 하늘 고을

금세 아름다운 치장을 한다

분주할 것도 없는 고요가

늦달이 물에 잠기니

달물 한사발 길러

화로에 올려 놓고

시끄러운 마음

오묘한 달차가 고요하니

별도 달도 앉아서 거두네

내가 있으나 내가 아닌 듯

뉘 있어 주고받을 마음인가

찻잔에 비친 얼굴

남이 아닌 나이기에

반기어 봄을 마땅하리

물과 불의 조화인

차의 성정을 알게 되면

알다가도 모를

사람의 삶도 이해되려는가

묻노니, 어찌하여 그러는가

생각지도 않을 때는 나인 듯

거기 있다가 어이해 부를 때는

나 사라지고 없는가

가장 좋은 벗

구름 쫓아 이른 곳
그윽함이 좋아서
산과 계곡에 끌리는
고운 정 버리지 못했네
곱디고운 반달은
저녁 하늘에 새롭고
맑은 안개 옛터에 드리웠네
세상사 잊고 사는 사람
누가 이를 수 있을까
고상하고 밝아지면
멀어지기 쉬운 법
계곡 깊은 숲은
인적이 드물어도
이 가운데 가장 좋은 벗은
설레임 기다림 자연이어라

견두산 뻐꾸기 수행

견두산 아래

뻐꾸기 울며 날아간 숲속

고독한 적막 흐르는 오솔길

수행하듯 자행하듯

걸어온 발자국 지축 흔드는데

도량 넓은 스님 말씀

가슴에 새기려는 듯

바람 살살 걸어가고

새들도 연리지 나무에 앉아

숨죽여 귀 쫑긋거린다

내가 소유한 것이

내 소유가 아니라 하지만

내 삶이 존재하는 한

자연이 우리에게 하듯이

나눔의 공덕을 쌓는다면 얼마나 좋겠소

해는 서산에 앉아서 나그네 기다리고

무겁던 마음 가벼이 날아가네

느리게 가는 개령골

차 한잔 하시게나

투명한 달이 차오르네

호수와 같이 잔잔한 수면의 마음

귓가에 불어난 계곡 물소리

숲의 향기가 찾아드네

텅 빈 자리

차 한잔 내려놓고

어둠 친구들 불러 모으네

달님에게도 차 한잔 하시게나

별님에게도 차 한잔 하시게나

주변이 온통 시끄러운 묵언일세

차 한잔 하시게나

수행(修行) 2

새처럼 하늘을 마음대로 날 수 있다고 하더라도
어찌할꼬
사랑은 늘 안에서만 부르짖고 있는 것을
답답하게 홀로 부르짖고 있는 것은
감히 오를 수 없다는 진실이 속삭이지
이제는 알쯤은 놀이에서 벗어나자
거친 숨소리 내본들 오르지 못할 큰산이렷다
이 부끄러운 가슴을 열어 죽을 만치 사랑한다고
고백이라도 해 볼까나
녹음이 져가는 숲이라도
부끄러운 마음 숨겨 볼까나

봄

목마른 산 너머에는
하아얀 바람을 안고
수줍은 봄을 기다린다네
꽃피는 봄날이 사박사박 오신다면
열아홉 처녀가
수줍은 입맞춤으로 속삭일 거라네
달밤 대중들 시선이 뭐 그리 대수랴
하나의 그림자로
서로를 희롱하면 그만이지

느리게 가는 개령골

공허(空虛)

오경에 새벽바람 불면

두견새가 울음을 그치고

동쪽 하늘이 밝아오면

은하수가 빛을 잃는다오

옥소의 인연으로

더는 희롱들 하지 마소

우리의 속마음

행여 바깥 사람들이 알까 두렵다오

오정주를 금술잔에 가득 따르리라

취하도록 마시고

우리더러 말 많다 하지 마오

날 밝아 미운 바람이

온 땅을 휩쓸고 지나가면

한 줄기 가을날의 풍광

누구의 꿈인 줄 어이 알겠소

기다림에 지쳐

비어있는 문이 적막하니

구름 낀 방과 이별을 하고

산골 물 길으며 달을 초대하는 것도 그만두고

차 달이고 꽃을 희롱하는 것도 그만둘래

사랑은 알 수 없는 것

기다리지 말고 눈물 거두리

그래그래

산승은 안개나 노을이나 벗하며 사는 거지

야속한 세월

봄 추위에 애처롭다

얇은 비단 적삼 입고

그간 얼마나 애간장을 태웠을꼬

금압에 불 꺼지고

석양이 산빛에 검푸른데

저녁 구름만 산승 마음에 걸려드네

아까워라

세월은 찰나 속에 흔적은 미미하고

그사이 가슴 속에 번민만 가득하였구나

아서라 아서라

어찌 차오른 달을 보고

나뭇가지는 걸렸다 하리

견두산 산승이 그만 잡아 둔 게로지

자연으로 돌아간다

나 이제 자연에서 왔다가
자연으로 돌아간다
그리고 삶이란 것이 알아지고
깨달아질 때까지 묵언하는 것
나 또한 사람으로 살다
이제 자연으로 돌아가려니
너무 무성한 나무 보고
예쁜 꽃 만나거든
그것이 다시 태어난 나인 줄 알라
우리 향기로운 꽃 되고
아름다운 나무 되어 다시 만나면
옛날에는 알 수 없었던
나와 너의 의미에 대해
그 환희와 고통에 대해
말해 보자
삶이란 거기서 와 저리로 가는 과정에 불과한 것을
어찌하여 그때는 그렇게도 잘난 바보였던지에 대해서도
서로 얘기해 보자
세상은 숨은 조화에 의해
돌아가는 신비인 것을

어찌하여 지난날에는

보는 눈 없고 듣는 귀 없어

그렇게도 그랬는지에 대해서도

같이 마음 나누어 보자꾸나

자연으로 돌아간다

저자와의
합의하에
인지첩부
생략

느리게 가는 개령골

2023년 7월 25일 초판 1쇄 인쇄
2023년 7월 30일 초판 1쇄 발행

지은이 放下 慈蓮(자연스님)
사 진 放下 慈蓮(자연스님)
그 림 청계(晴溪) 양태석
펴낸이 진욱상
펴낸곳 백산출판사
교 정 박시내
본문디자인 오정은
표지디자인 오정은

등 록 1974년 1월 9일 제406-1974-000001호
주 소 경기도 파주시 회동길 370(백산빌딩 3층)
전 화 02-914-1621(代)
팩 스 031-955-9911
이메일 edit@ibaeksan.kr
홈페이지 www.ibaeksan.kr

ISBN 979-11-6639-359-4   03810
값 15,000원